SOLFERINO YOUNG

ISBN 978-88-282-1002-3
Prima edizione: novembre 2022

Realizzazione editoriale: Studio Dispari, Milano

Errico Buonanno

Illustrazioni di

Caterina Di Paolo

FATE I CATTIVI

SOLFERINO YOUNG

1.

I bambini molto ricchi
sono anche molto buoni.

I bambini molto poveri, no.

I bambini molto ricchi, quando fanno la merenda, hanno sempre un paninone.

E siccome ne hanno già mangiati tre,
danno le briciole ai piccioni.
Dare le briciole ai piccioni è buono.

I bambini molto poveri hanno la pancia che gli parla. Se hanno un panino, se lo sbafano tutto.

Essere ingordi non è buono per niente.

I bambini molto ricchi non fanno quasi mai lagne. Vengono sempre accontentati. Perciò, se le fanno, almeno durano poco.

Quelli poveri piangono, piangono, non la smettono più.

Fare i capricci non è buono per niente.

ERRICO BUONANNO

Guardate i bambini molto ricchi:

sono puliti e pettinati.

È buonissimo.

Guardate i bambini molto poveri.

Dite: è così che ci si presenta a scuola?

ERRICO BUONANNO

Babbo Natale è un vecchio giusto. Lui non sta mica lì a guardare se un bimbo è povero o ricchissimo.

Le stesse regole per tutti: ai buoni regali, ai cattivi carbone.

Dunque, ai bambini molto ricchi arrivano sempre dei regali bellissimi.

Ai bambini molto poveri, no.

2.

Filippo era povero. E lo chiamavano Pippo. Giusto per risparmiare.

Aveva una mamma e un papà poveri.

E tre fratellini: Peppe, Ciccio e Carletto.

Ma erano poveri anche loro, purtroppo.

Siccome poi le disgrazie non vengono mai sole, abitavano tutti in una casa poverissima nel quartiere più povero della città. Brutta come la fame. Scurissima come la miseria ladra.

Il padre ogni tanto se ne usciva: «Qui ci vorrebbe un'idea per mangiare!». Ma aveva sempre troppa fame per aver buone idee. E si addormentava.

La mamma diceva: «Potrei fare torte da vendere al mercato!». Ma per fare le torte ci voleva lo zucchero. E la farina. E le uova. E ad avercelo, un uovo, se lo sarebbe mangiato.

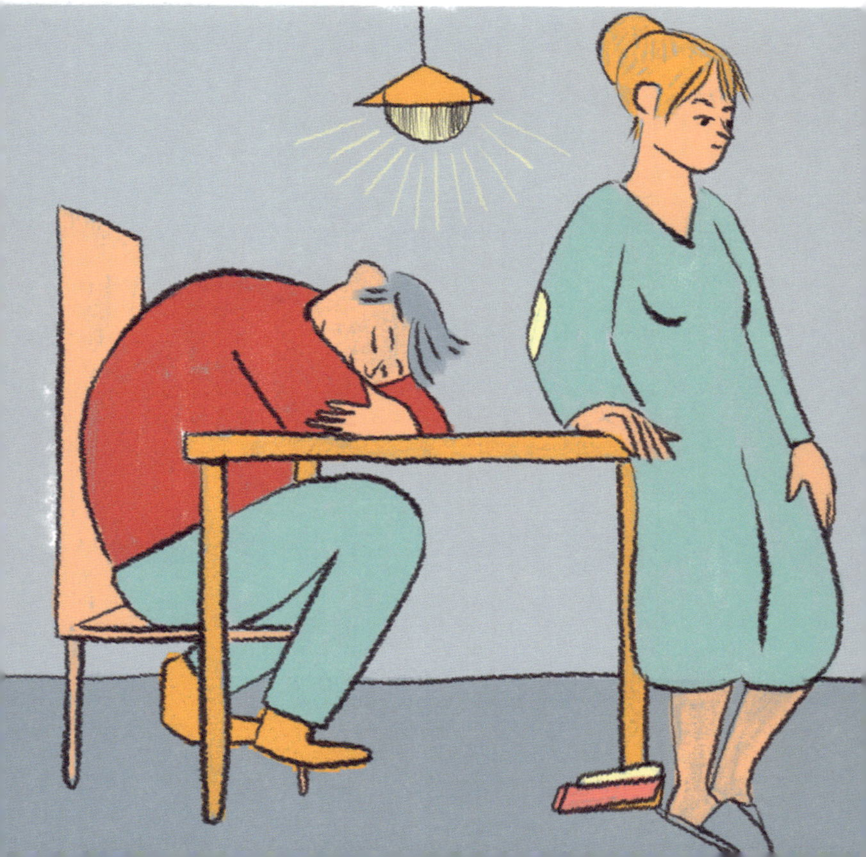

Non facevano niente.

Proprio zero spaccato.

Niente di male, chiaramente. Ma neanche niente di buono, ché non avevano strumenti. Niente di orribile e neanche niente di straordinario, sì, insomma.

E siccome si sa che Babbo Natale è un vecchio giusto, Filippo e i fratelli, a ogni santo Natale, ricevevano sempre dei regalucci così. Senza arte né parte. Né belli né brutti. Dei regalucci. Così.

Il bimbo Arturo Bomboloni, compagno di classe di Filippo, in prima elementare aveva ricevuto un robot, che camminava, ballava, sparava il laser dal fucile e parlava. Filippo aveva ricevuto due calzini. Quasi uguali tra loro, quasi appaiati. Vabbè.

Il bimbo Arturo Bomboloni, in seconda, aveva ricevuto un aeroplanino telecomandato. Filippo tre pacchetti di figurine del campionato finito. Con sei doppioni. E l'anno dopo un cappello, che gli andava un po' piccolo, purtroppo. Arturo invece un'auto elettrica quasi a grandezza naturale.

«Si vede che lui è più buono di noi!» gli aveva detto Carletto. E per forza! Babbo Natale mica sbaglia.

«Mi ha fatto giocare cinque minuti col robot, sì, in effetti.»

«E le figurine, tu, invece? E i calzini?»

Li aveva venduti alla bidella per rimediare una pizzetta.
Certo, rivendersi i regali non è buono per niente.
Così, anche quell'anno, si stava di nuovo avvicinando il Natale.

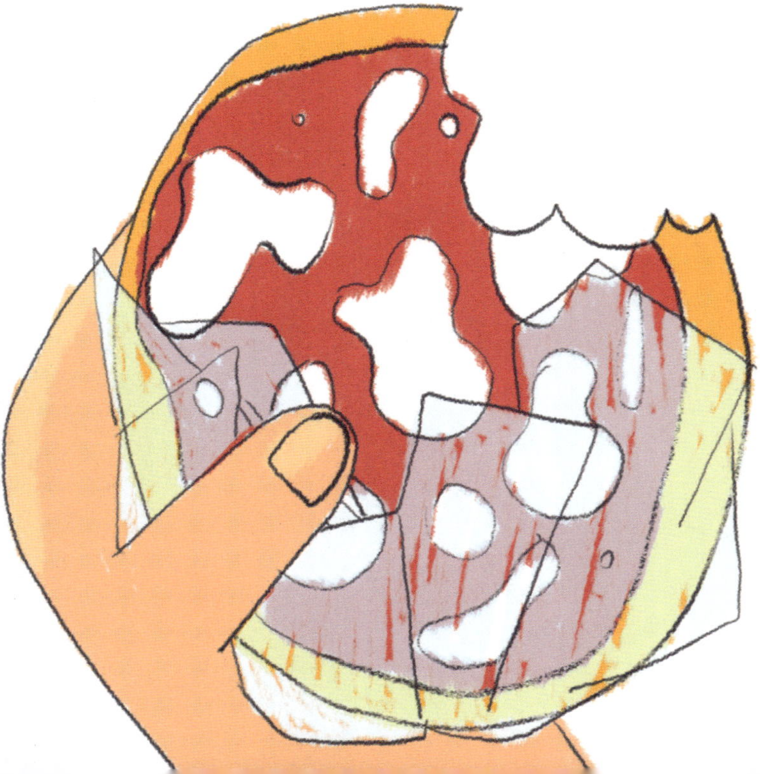

Spesso ti dicono che anche il tempo è denaro. Pippo di tempo ne aveva proprio tantissimo, ma di denaro neanche un po'. Quante scemenze che si dicono, a volte!

Andava e passava per le strade del centro per annusare i profumini delle pasticcerie, perché almeno la sera i vestiti sapessero di panettone. E si fermava un po' a spiare alle finestre delle case più ricche. Come dovevano essere buoni, quei bambini lì, pieni di giocattoli! E chissà quanti ancora ne avrebbe portati quell'anno Babbo Natale, a loro! Fu allora che a Pippo venne in testa un'idea.

E tanto era buona che se la sarebbe mangiata. Ma visto, purtroppo, che di sole idee non si campa, corse dai suoi fratellini per dirgliela.
Cioè, corse no… camminò piano. Per non consumare le scarpe. Comunque.

3.

«Fratelli, qua ho avuto un'ideona!»

«E cioè?» fece Carlo.

«Un'ideona bellissima per prepararci al Natale!»

«E cioè?» «Sì, e cioè?» fecero insieme Ciccio e Peppe.

«Fratelli, ho capito: noi dobbiamo essere *cattivi*!»

E dicono pure che il silenzio è d'oro.

Per ora, però, Pippo e i fratelli erano poveri come prima. E va bene.

«Qui proprio buoni non riusciamo a esserlo. E così pure per quest'anno Babbo Natale ci porterà dei regali schifi.»

«Buaaah!»

«Perciò tanto vale…»

«Non essere buoni?»

«Essere proprio cattivissimi. E porterà un sacco di carbone!»

Ideona un po' povera.

«No, ascoltate!»

«Ma che?»

«Ma voi lo sapete questo carbone cos'è? Il carbone è una cosa che, innanzitutto, riscalda. Si butta dentro la stufetta e quella fa caldo!»

E, dentro casa, un po' di caldo avrebbe aiutato.

«E poi si vende! Si vende al negozio, si vende pure al mercato! Ci si diventa miliardari con le miniere di carbone!»

«E perché?»

«Ma perché serve per le fabbriche! E i treni! E ci si fanno i diamanti!»

Ellapeppa.

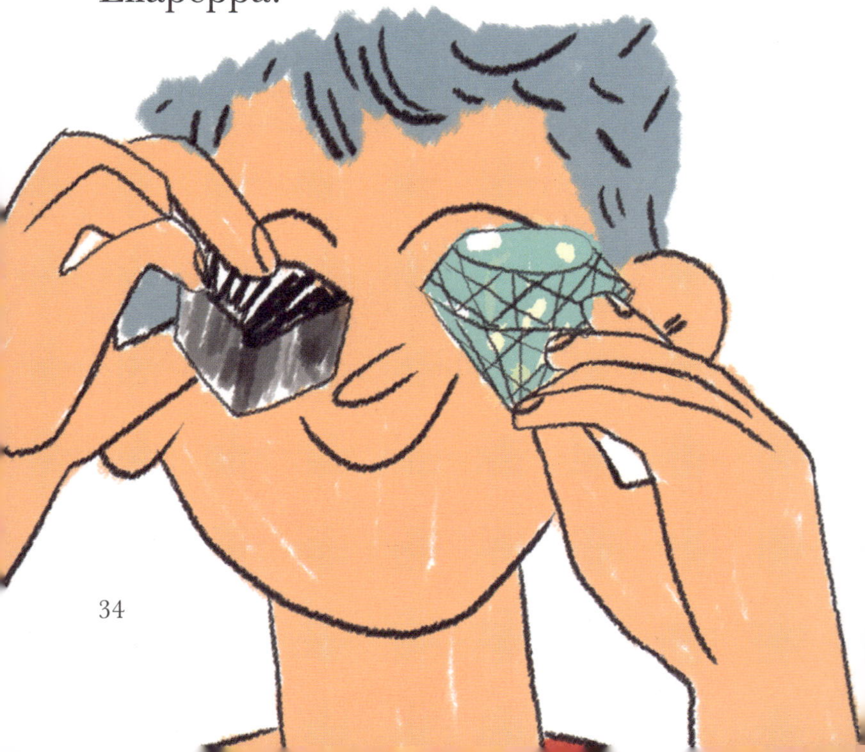

«E perché Babbo Natale lo porta come punizione?»

«Perché ne dà poco, si capisce. Ma se riusciremo a fare molto i cattivi...» E, mentre spiegava, già sognava. «Sacchi su sacchi di carbone! Sacchi su sacchi e sacchi ancora! Staremo al calduccio e avremo anche i soldi per mangiare! Capite?»

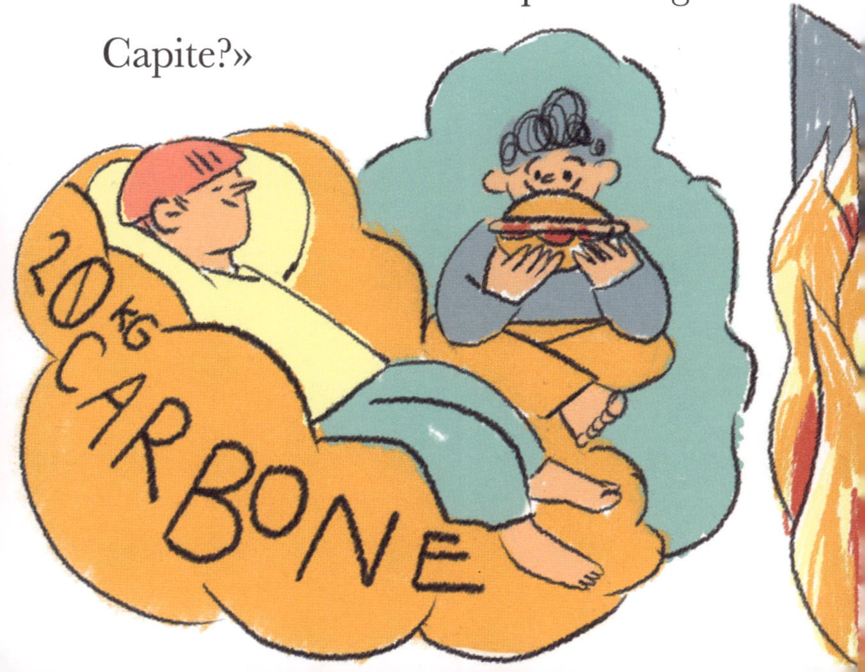

«Capisco sì, adesso!» disse Ciccio.
«Yuppiiii!»
«Sì, ma attenti! Non basterà certo una cattiveria da niente! Bisogna che siamo cattivissimi! E sarà pure divertente, mi sa.»

«Urrà!» Ma poi chiesero: «Come si fa a essere cattivi, cattivi?». Pippo e i fratelli non lo sapevano mica. Ci pensarono su tutta la notte. Tanto era freddo e non si riusciva a dormire.

Ecco, una cosa da non fare – questo lo sanno anche i bambini –, per fare un esempio, è disubbidire alla mamma. Quella di Pippo stava lì a casa tutto il giorno, però, e non dava loro molti ordini. Soltanto, alla sera: «Andate a letto». E alla mattina: «Andate a scuola».

Pippo e i fratelli decisero di disubbidire: il giorno dopo non sarebbero andati a scuola. Uscirono di casa, arrivarono fino al portone dell'istituto elementare Polpetti… e non entrarono.

Erano giorni molto freddi.

Tutti i bambini entravano, uno a uno.

Loro no.

Il bimbo Arturo Bomboloni li vide e domandò: «Cosa fate?».

«Una cattiveria!»

«Cioè?»

«Non entriamo!»

«Beati!» disse allora Arturo, che era un poco invidioso della loro trovata. E, visto che essere invidiosi non è una cosa da bambini buoni né ricchi, pensò di rimediare subito e chiese alla mamma di saltare la scuola anche lui.

A.B.

Passò la mattina al luna park, per negozi e andò al cinema.

Pippo e i fratelli non avevano i soldi per fare un bel niente. Restarono un'ora davanti alla scuola. Poi ebbero freddo e così entrarono alla seconda ora. Peccato.

Poi, un'altra cosa da non fare – certo, anche questo i bambini lo sanno – è raccontare le bugie. Pippo e i fratelli ci pensarono, e stabilirono che questa era una cattiveria affrontabile, alla portata di chiunque. Persino delle loro tasche.

Così il giorno dopo, proprio a scuola, iniziarono.

«Mio papà» disse Pippo «ieri ha comprato un motoscafo.»
«Ma vaaaa'!» risero in coro i compagni di classe.

«E nostra mamma» rincarò Peppe «poi ci ha comprato anche un cavallo.»

«See, see.»

«Uno per ciascuno!»

«Ma vaaaa'!»

«Sapete?» fu il turno di Carletto. «Domenica andiamo a fare un viaggio a Venezia!»

«Bravi, a piedi.»

«In aereo!» urlò Ciccio.

Non gli credeva assolutamente nessuno. E i fratellini ragionarono: lì, zitti, rossi, a testa bassa, con tutti i compagni che li prendevano in giro. Ma che era, una cattiveria anche quella?

Il piccolo Arturo aveva ascoltato. E gli era sembrato che fare a gara di panzane fosse una cosa divertente. Disse una piccola bugia: «Il mio papà, invece, mi ha appena portato un razzo nuovo dal Giappone».

E allora, siccome i compagnucci erano molto abituati ai suoi giocattoli fantastici, fecero: «Ooooh! Bello! Un razzo vero?». E gli credettero all'istante.

Pippo e i fratelli mugugnavano. Qua, per far finta di essere ricchi, toccava esser ricchi per davvero. Mannaggia.

«Non va bene! Non va!» si lamentò Ciccio. Mancavano solo altri tre giorni a Natale. «Dobbiamo inventarci qualcos'altro!» E chi l'avrebbe mai detto che fare i cattivi fosse tanto difficile, insomma? «Riproviamo!»

Carletto decise di non mangiare la cena. Ma siccome lì a casa non si mangiava quasi niente, la mamma neppure se ne accorse, e pazienza.

Peppe decise di fare il bimbo manesco. Diede una spinta a un bambinetto loro vicino di casa.

Ma tanto era debole, Peppino, col corpicino senza forze, che all'altro fece giusto un po' di solletico, e a farsi male fu lui, che rimbalzò e cadde a terra.

Solo due giorni.

Solo due giorni a Natale.

Ciccio provò a fare il diavolo a quattro per disturbare il papà che dormiva. Cacciò un urlo, iniziò a correre su e giù per la casa.

Ma si stancò subito e gli girò un po' la testa perché si sentiva debolino. «Non ce la faccio.» Fiatone.

E infine Pippo, proprio lui. Che passeggiava come sempre su e giù per il centro, guardava i caffè, annusava i profumi delle pasticcerie.

E che si disse: «E se per esempio… quei pasticcini caldi e buoni…» Quei pasticcini succulenti. Sì: se ne avesse preso uno? Senza pagare!

«Che guardi?!» ringhiò la pasticcera.

«Niente…»

«Vai, vai, fila via! Largo!»

«Ma scusi…»

«Con quell'aria da straccione, t'ho capito a te. Fila via, sai, ladruncolo!»

Pippo pensò che il mondo era veramente strano. Che bisognava avere l'aria da ricchi addirittura per rubare, mannaggia.

Passò un giorno, un altro giorno. E così venne la vigilia. E, mentre nel resto della città ogni bambino molto ricco aveva già imbucato la lettera in cui elencava buone azioni e regali, e aveva scritto sulla busta: «Babbo Natale, Polo Nord», Pippo e i fratelli facevano il punto della situazione.

«Hai fatto il cattivo, tu, Carletto?»

«Io veramente ci ho provato.»

«E tu?»

«Pure.»

«E tu?»

«Pure.»

«E tu?»

«Giuro che volevo. Purtroppo…»

4.

Si risvegliarono al mattino, dopo quel sonno a pancia vuota, e, come premio alle cattive intenzioni, lì, sotto all'albero scheletrico, trovarono un pezzo di carbone.

Ma così piccolo e meschino che, a infilarlo nella stufa, avrebbe bruciato con la velocità di un fiammifero.

«Tutto qui?»

«Tutto qui.»

Pippo lo prese, se lo girò tra le mani.

E stette zitto.

Guardò i fratelli a testa bassa. E tutti zitti, pure loro.

Uscì dalla casa, la sua casa povera. E col pezzetto di carbone scrisse sul muro le seguenti parole:

«TIRCHIO BABBO NATALE!»

Grande, lì, bello a stampatello. Nero su bianco, chiaro e tondo. Gigante.

«TIRCHIO BABBO NATALE!»

Poi sospirò, non c'era altro da fare.

E mise il pezzetto di carbone in tasca.

Stava rientrando dentro casa, ché era freddo. Ma allora si accorse di qualcosa di strano. Lì, sulla stessa strada povera, dalla casetta poverissima a fianco, ecco, era uscito un bambino come lui, paro paro.

Aveva gli stessi occhi rotondi, aveva lo stesso cappottino liso. Aveva un pezzetto di carbone in mano.

L'altro bambino si avvicinò al muro, non disse niente.

E lì, proprio lì, sotto la scritta di Pippo, a carbone, prese a tracciare un disegno: pancione, barba, cappellino. Era chiarissimo, era lui! Era quel tirchio di Babbo Natale! Con gli occhi storti e la faccia da scemo.

Pippo e il bambino lo guardarono, e incominciarono a sorridere.

«Buffo!» si dissero Peppe, Ciccio e Carletto, spuntando.

«Buffo!»

«Ma che?»

«Stanno giocando?»

Guarda un po', chi l'avrebbe detto. Forse un pezzetto di carbone non scalda, forse non te lo puoi rivendere, no. Ma su: proprio inutile non è, se hai idee un po' allegre e a buon mercato.

Tanto che, sulla strada povera, dalle finestre scorticate, si affacciarono a un tratto tanti, ma tanti occhioni tondi, a spiare la scritta e quel disegno. E ride-vano.

Uscirono allora altri bambini, bambini né buoni né cattivi, bambini né ricchi né ordinati, coi loro pezzetti di carbone.

E chi incominciò a disegnare per terra dei quadrati coi numeri per giocare a campana, e chi prese a usarli per giocare anche a tris, e chi a disegnare pupazzi e animali e panorami.

Uno si fece i baffi finti, col carboncino, sotto il naso. Uno ci scrisse filastrocche. Uno ci progettò un robot. Finto, sul muro.

E così, a forza di disegnare e giocare, fu Natale.
E fu un Natale con i fiocchi, e fu un Natale di carbone.

E quel carbone nessuno, tra loro, avrebbe saputo più dire se fosse una punizione o un bel premio, e se essere ricchi o essere poveri facesse tanta differenza, alle volte.

ERRICO BUONANNO

Nessuno, nessuno avrebbe saputo più dire se esistessero veramente, al mondo, bambini più buoni e più bravi di altri.

Nessuno avrebbe saputo più dire se esistessero mai dei bambini cattivi.

Finito di stampare nel mese di ottobre 2022
presso VELA WEB SRL
via Copernico 8
20082 Binasco (MI)

Stampato in Italia